조 금 씩   선 명 해 지 는    나 의    시 간

# 흑백의 하루

위즈덤하우스

# CHAPTER 2　잠시 길을 잃더라도

# CHAPTER 3  나를 이루는 일부

# CHAPTER 4 　 문 뒤의 너에게

프롤로그

그렇게 시작한 기록

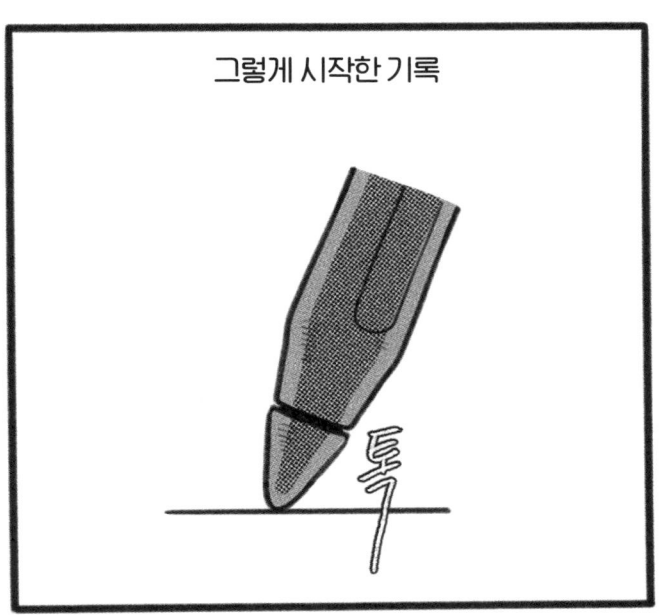

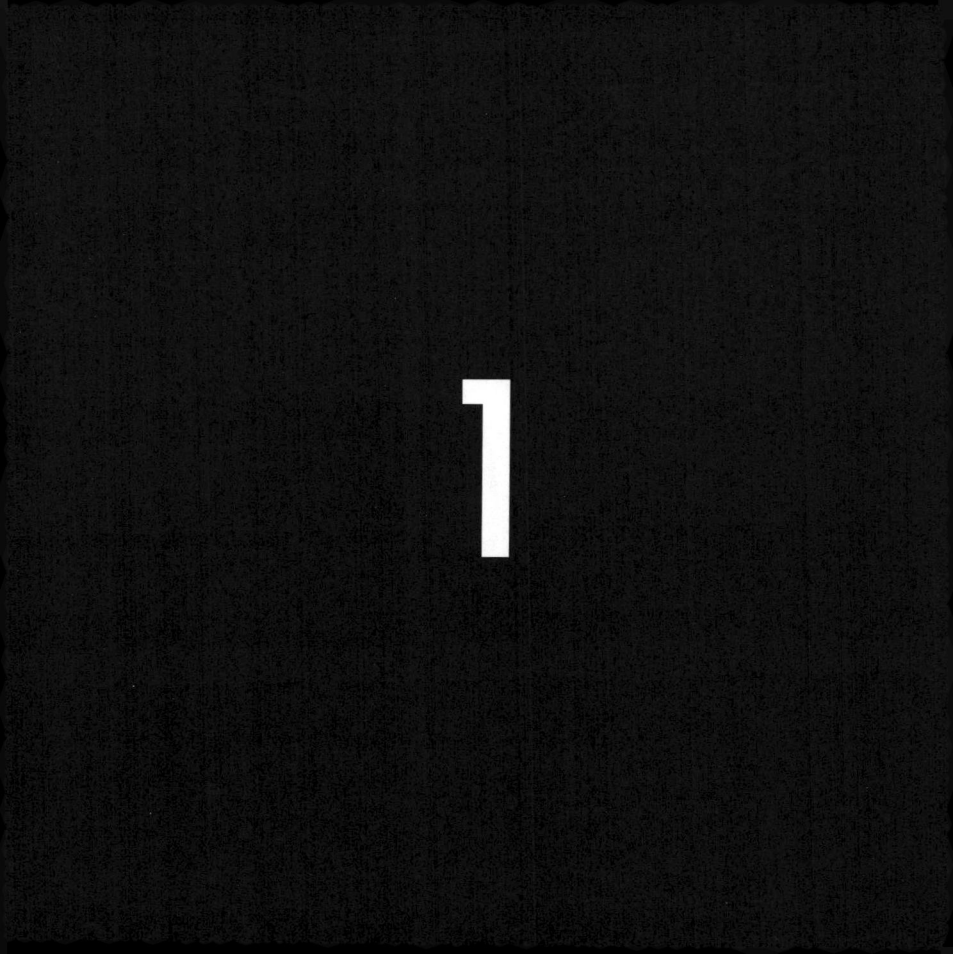

너는

그런

사람이야

# 인스타툰의 시작

누군가 나에게 그랬었다. 일기에는 사실
타인이 봐주었으면 하는 잠재의식이
내재되어 있다고.

어느 정도 맞는 말인 것이, 나도 무언가를 기록할 때 스스로를 검열하고 있었다.

누군가 알아줬으면 하는 생각과 말들을 적었다.

# 나는 이렇게 살아간다고 말이다.

적당히 열심히 하고
하고 싶은 일 하고

좋아하는 걸 추구하며
울기도 웃기도 하면서

그렇게 살아가고 있는
20대 청년이라고

그래서 오히려 이곳이야말로 내게는
열린 대나무 숲일지도 모르겠다.

# 감정을 기록하는 곳

그림에 이야기를 붙여
사람들에게 처음 선보였을 때는

모든 것이 버겁고 힘들었던 시기라
우울하고 막막한 이야기를 주로 했더랬다.

가끔 당시에 위로해주셨던, 위로해드렸던
그분들이 생각난다.

# 우울이라는 감정

우울이라는 감정을 처음 인지했던 것은
중학교에 입학했을 때다.

교내 상담실인 Wee클래스에서 진행한 우울증 및 자살 척도 검사에서 고위험군으로 분류된 거다.

…?

그땐 모두가 이만큼 힘든 게 당연한 것이라고
생각했기에 병원에 갈 생각조차 하지 못했다.

그러다 자해를 시작했다.

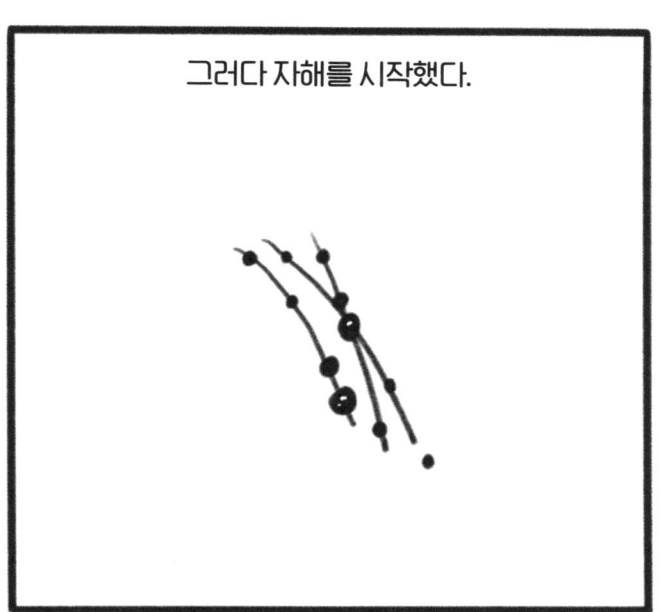

자해를 시작하고 나서야 더는 내가 혼자
해결할 수 있는 문제가 아니라는 생각이 들었고

2018년 가을, 정말 한참을 고민하다가
드디어 정신건강의학과에 발을 들이게 되었다.

# 그냥 보통의 병원

제대로 된 정보를 접할 길이 없었기에
병원에 들어서기 전까지 얼마나 떨렸는지 모른다.

그러나 막상 들어가 보니 진료를 기다리는
사람들로 가득한, 겁낼 것 하나 없는
그냥 보통의 병원이었다.

질문으로 **빽빽한** 검사지를 받아들고
아무도 없는 대기실에 앉아 작성하는 동안

콩닥거렸던 심장은 이내 안정을 되찾았다.

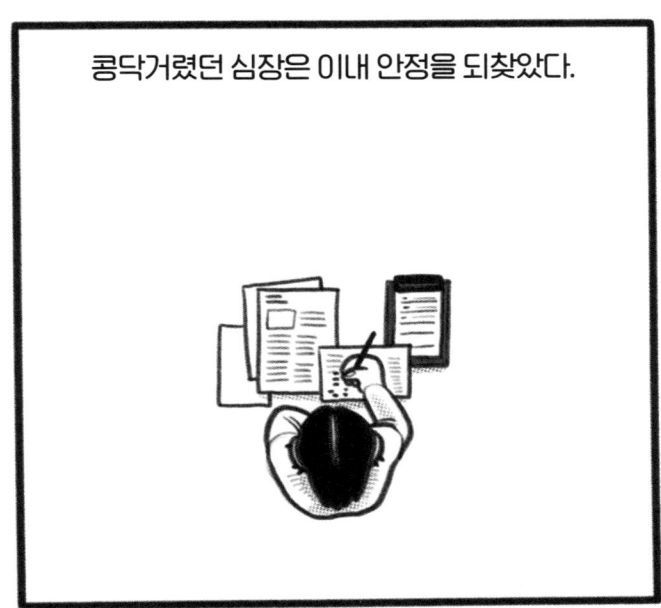

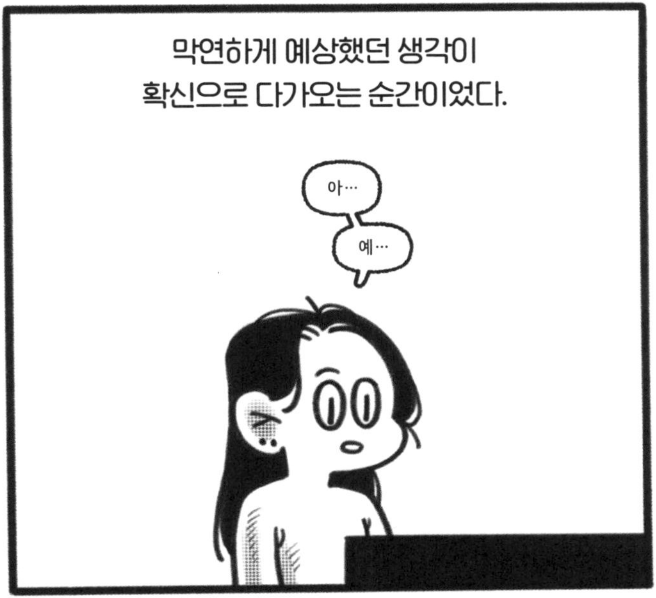
막연하게 예상했던 생각이
확신으로 다가오는 순간이었다.
아…
예…

# 흙탕물 같은 마음

헤집으면 헤집을수록 탁하고 더러워지고

가만히 내버려두면 침전물이 가라앉아
그제야 본질이 보이기 시작한대.

그 말을 되뇌며 언젠가는 긍정적인 에너지를
나의 원동력으로 사용하는 날이 오길 바랐다.

# 나의 작은 극복기

누군가가 건넨 스쳐 지나가는 말이나
작은 기회들 덕분이었다.

그러다 보니 어쩌다 즐거운 순간이 찾아와도
그 감정을 온전히 믿지 못하게 되었다.

찰나의 생각이 바뀐다고 내 상태가
갑자기 나아지는 것은 아니었지만,
상황을 받아들이는 게 한결 편안해졌다.

그래

그렇다면 어떻게든
살아남아주지

이후에도 우울은
꾸준히 찾아왔고
무기력한 시기도 있었지만

적어도 극단적인 생각은
줄어들게 되었다

# 처음이 어려워요

'정신의학'이라는 단어가 주는 낯선 인상이 어느 정도 사라졌다는 것이다.

무릎이 삐걱거릴 때마다
정형외과에서 물리치료를 받는 것처럼

스스로 판단했을 때 상태가 좋지 않다 싶으면
바로 병원에 가는 버릇이 생겼다.

가장 나아진 점은 지금 내가 어떤 상태인지
정확히 파악할 수 있는 능력이 생겼다는 거다.

# 감정을 구체적으로 읽기

주로 정서적으로 미숙한 아이들이
부정적인 감정을 두고 '짜증 난다'라고
표현하곤 하는데

# 고민을 대하는 태도

자기 고민을 타인에게 막힘없이
술술 풀어내는 사람을 보면 괜히 부러워진다.

아주 몇 명에게만 폴더의 제일 깊숙한 곳까지
털어버리는 바람에

# 약간의 오해를 사기도 했다.

오늘 이 얘기

나는 처음 듣는 거 알아?

왜 나한테는
그간 안 해줬어?

뭐 어쩌겠는가
성향이 그러한걸

하아...

모든 사건이 끝나고 난 뒤
그제야 조금 털어놓는 편

고민의 폴더들이 예쁘게 잘 정리되어
쓰레기통으로 향하는 날이 오길 바란다.

# 빛의 각도

공허함이 휘몰아치는 시간이 찾아온다.

심리학적 의미로는 삶에 의미를 두지 못하고
마음이 텅 빈 상태를 경험하는 것.

내가 생각하는 공허함은
이런 이미지가 아닐까

# 이 기분을 어떻게 표현하면 좋을까.

원래 빛이 비스듬히 비출수록 그림자는
길어지게 마련이니까

내일의 빛은 머리 꼭대기에
자리 잡을 수 있길 바라며….

# 이제 좀 움직여볼까

밤새는 게 익숙해지기 시작하면서
나는 철저히 미루는 사람으로 살게 됐다.

해야 하는 일을 하지 않음으로써 생기는
가벼운 불안감과 우울감도 있기에

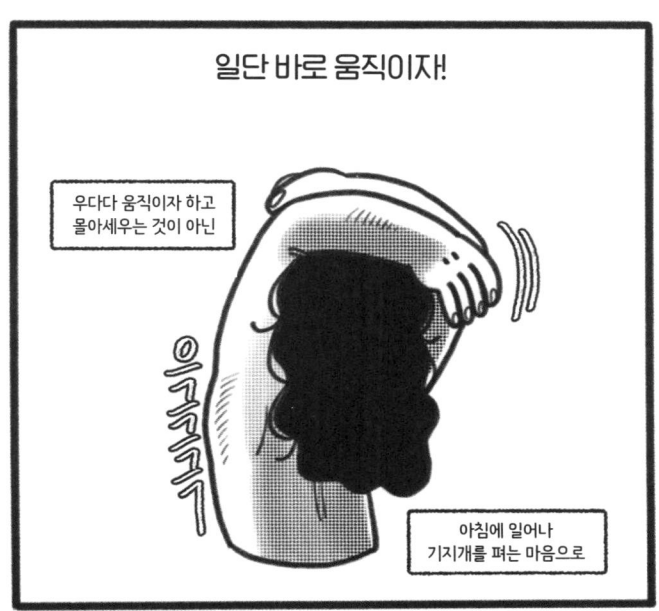

# 항우울제

매번 다양한 핑계로 단약을 시도한 탓에 만들어진

97

우울의 굴레에서
완전히 벗어나고 싶었기 때문이다.

매일 아침과 잠들기 전,
목으로 넘어가는 약들을 보고 있자면

나는 껍데기일 뿐이고 실제 나를 움직이는 건
약이 아닐까 생각한 적도 있지만

일상적인 생활을 영위할 수만 있다면 뭐든 좋다.

# 홀로서기

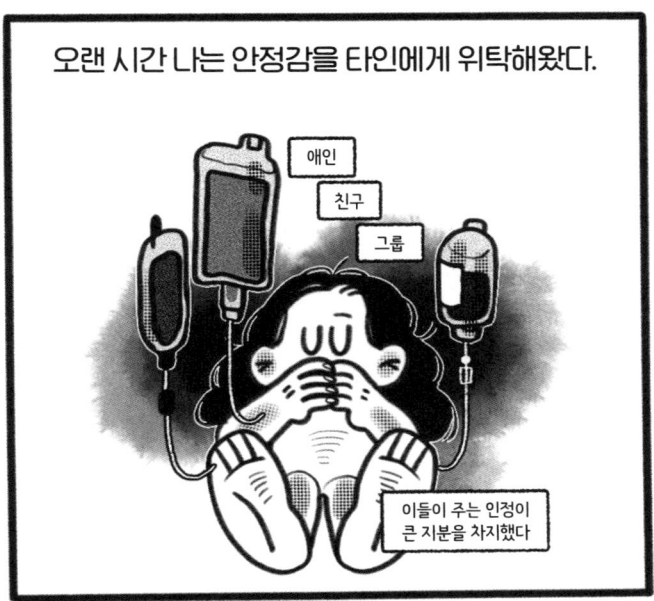

나는 결국 혼자라는 결론에 다다랐을 때는
주변 사람들을 믿고 의지했던 만큼

상실감이 배로 몰려왔다.

# 기억해줘

내가 지금 이렇게 될 줄 몰랐던 것처럼
앞으로 또 어떻게 될지는 아무도 모르니까…

그저 발 닿는 대로 살다가 사람들에게는
자유로웠던 사람으로 기억되고 싶다.

# 쉬어가는 섬

118

돌아가기엔 이미 늦은 것 같고
목표를 향하는 게 나을 것 같은데

그러기엔 너무 지쳐서 이대로 가라앉을 것만 같지.

# 애착이불

소중하게 간직하던 그 절반은
내가 중학생 때 학교에 간 사이 할머니가
걸레로 쓰시겠다며 죄다 잘라버렸다.

그 후 고등학생 때 새로운 애착이불을 만나
아직까지 건재하게 사용 중이다.

2대
애착이불

# 이 애착이불에는 몇 가지 규칙이 존재한다.

흰색 바탕에
하늘색이나 푸른색 계열의
스트라이프 무늬일 것

천이나 극세사보다는
모가 두꺼운
타월 재질일 것

# 대화를 합시다

혼자만의 시간을 중요하게 여기고
조용히 나를 들여다보는 시간을 즐기는
내향적 인간이지만

혼자만의 시간이 중요한
작은 프리랜서(유사 백수)

혼자 생각하는 것엔 한계가 있기에
타인과의 대화에서 얻는 것이 많다.

저 멀리 어딘가
우주로 떠나가는 사고

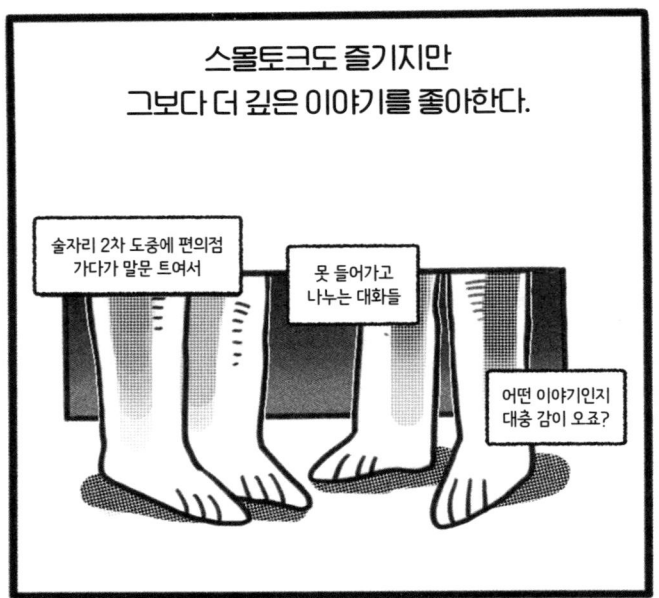

# 대화 관찰일지

# 집중과 경청의 눈빛

# 너는 그런 사람이야

무엇을 양분으로 삼아 어떤 사람이 되어가는가.

또 아는가. 내 한마디로 누군가 그런 사람이 될지.

# 관계의 기준

아무리 깊은 관계라도 애초에
존재하지도 않았던 것처럼 사라지기도 하는데

이 우스운 관계의 기준을 아무도 모른다.

오랜 순간을 함께했더라도
얕은 관계가 있는가 하면

이미 흘러가버린 관계를 추억하며
아쉬워하는 수밖에 없지만

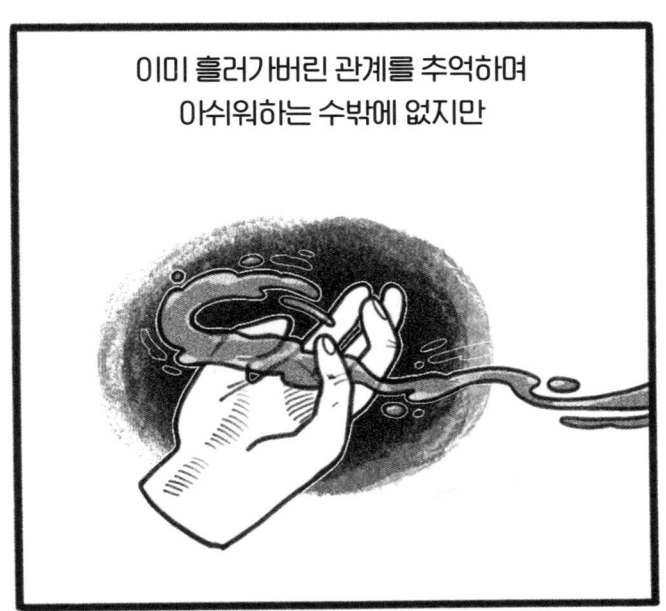

고작 단 한순간 존재했더라도
그 무엇보다 깊은 관계도 있다.

# 관계의 유효기간

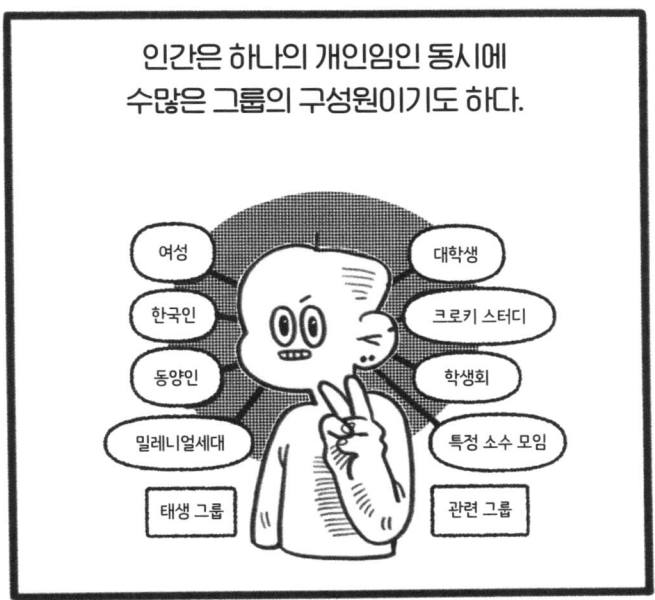

인간은 하나의 개인임인 동시에
수많은 그룹의 구성원이기도 하다.

여성
한국인
동양인
밀레니얼세대

대학생
크로키 스터디
학생회
특정 소수 모임

태생 그룹

관련 그룹

인간은 태생적으로
타인과의 사회적 상호작용이 필요한 존재라

그런데 난 꽤 오랫동안 잘못된 방향으로
소속된 그룹에 집착하고 있었다.

영원한 관계는 존재하지 않는다는 사실을
받아들이기까지 꽤 오랜 시간이 필요했고

그중 누가 남을지는 모르는 일이다.

# 요새 뭐 하고 지내

부끄럽게도 나는 먼저 연락 못하는 쪽에 속한다.

변명을 하자면 다양하겠지만 일단
'먼저 연락했을 때 환영받지 못하면 어쩌지' 하고
걱정부터 되기 때문이다.

그래서 항상 먼저 연락해오는 이들에게
정말 고맙고 또 고맙다. 그들도 용기 내어
행동한 걸 테니까.

연말이라고 여기저기서 밖으로 끌어내준 덕분에
나름 즐겁게 한 해를 마무리할 수 있을 것 같다.

야 당연하지! 내가 불러서
안 나간 적 있냐

나와, 술 마셔

내심 좋음

내년엔 연락에 궁색한 사람이 되지 않길
슬쩍 다짐해본다.

# 나만의 결

사람들은 각자 자신만의 아이덴티티를 갖고 있다.

같은 사물을 두고 그림을 그려도
각자 다른 느낌의 그림이 완성되고

미술학원 보조강사로 일할 때 가장 재밌던 사실
같은 것을 그려도 누가 그렸는지 다 보인다

같은 옷을 입어도 입는 사람에 따라
각자 소화하는 스타일이 다르듯

아무리 따라 하려고 해도, 빼앗으려고 해도
감히 가져갈 수 없는 고유한 특징이다.

나는 나만의 색이 정말 뚜렷한 편이라
오히려 그 점이 독이 될까 걱정스럽지만

좀 더 많은 것을 보고 기록하고 생각하며
다채로운 표현을 시도하기로 했다.

# 스스로에게 멋진 사람

생각해보면 지금의 나는 내가 동경하는
이미지를 좇는 과정에서 만들어진 결정체다.

그림을 잘 그릴 줄 아는 사람이 멋있어서
그림 그리는 것을 업으로 삼았고

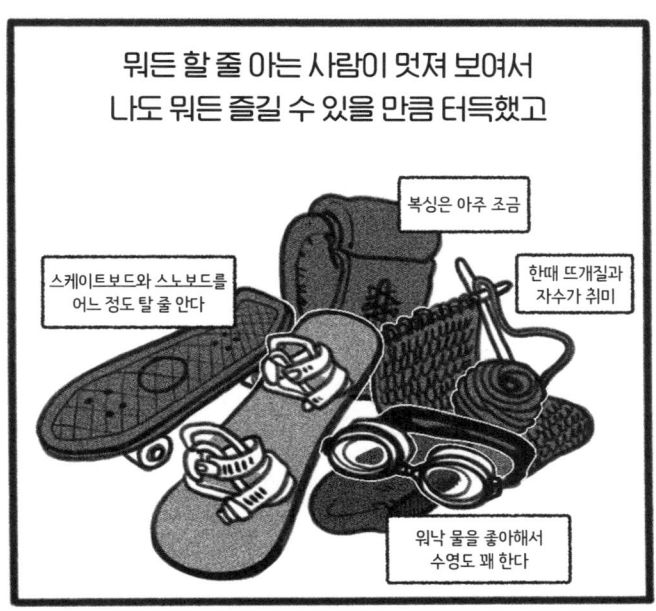

뭐든 할 줄 아는 사람이 멋져 보여서
나도 뭐든 즐길 수 있을 만큼 터득했고

복싱은 아주 조금

스케이트보드와 스노보드를
어느 정도 탈 줄 안다

한때 뜨개질과
자수가 취미

워낙 물을 좋아해서
수영도 꽤 한다

잘 알지도 못하면서 프리랜서라는
단어 자체가 멋있어서 프리랜서를 꿈꿨다.

멋지다고 판단하는 주체는 모두 나였다.
이걸 왜 여태 몰랐을까.

# 내가 좋아하는 것

# 1. 향수

중성적이고 무겁고
진하면서도 조금은 달달한
것이 좋다

· 조 말론 머드&통카,
  조 말론 다크앰버&진저릴리
· 입생로랑 블랙오피움
· 더바디샵 블랙머스크

최애

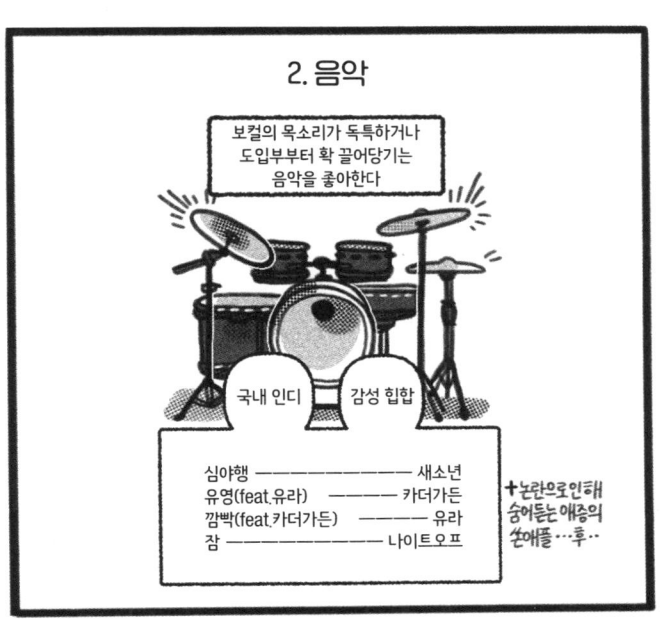

## 2. 음악

보컬의 목소리가 독특하거나
도입부부터 확 끌어당기는
음악을 좋아한다

국내 인디        감성 힙합

심야행 ——————— 새소년
유영(feat.유라) ——— 카더가든
깜빡(feat.카더가든) ——— 유라
잠 ————————— 나이트오프

+논란으로인해
숨어듣는 애증의
손애플…후··

# 4. 음식

머리를 비우고 생각을 정리하는 데도
꽤 큰 도움이 된다.

# 마라탕보다는 평냉

온갖 자극이 넘쳐나는 시대에 소박하고 적당한
삶을 지향하는 노멀 크러시.

어쩌면 외부로부터 쏟아지는 것들에 지쳐
도망가고 싶은 마음이 투영된 건 아닐까.

# 현재에 살기

내가 원하는 인간상에 가까워지려고
나름 열심히 노력하고 있지만

책 읽기

운동하기

술 마시거나
사람 만나기

작업하며
근근이 돈 벌기

사실상 캥거루족
백수의 작은 몸부림

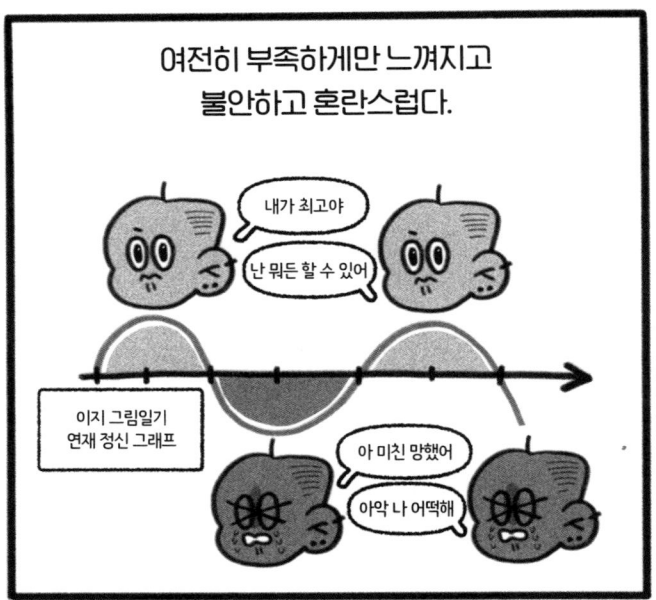

다만 우울하고 외로웠던 예전과 비교하면
확실히 많이 좋아졌음을 느낀다.

그리고 항상 최선을 다해 내 자신을
들여다보고 돌보는 것.

그렇다면 현재에 살자.

# 싱숭생숭한 봄날

새싹이 싹트고 앙상했던 가지에 녹음이
우거지는 걸 보면 왠지 서글픈 감정이 밀려온다.

와… 정말
완벽한 그리니시옐로

와 후커스그린…

*미술 전공자가
바라보는 봄

# 파블로프의 노래

노래는 기억을 담는다.

특정 노래를 들으면
특정 추억이 생각나듯

그래서 나는 좋아하는 이가 생기거나
연애를 시작하면 노래에 사람과 감정을 담는다.

관계의 끝이 어떠하던 간에 그 노래를 들으면
추억할 수 있으니까.

# 나도 컬러링!

그래서 나도 고르고 골라 가장 들려주고 싶은 곡을
설정하고 나서 깨달았다.

# 10년 전의 버킷리스트

앉은자리에서 가만히 읽어보니
신기하게도 그 시절 바랐던 것들이

# 스무 살의 나에게

입시생에게 4월은 1차 위기가 닥치는
계절이었기에

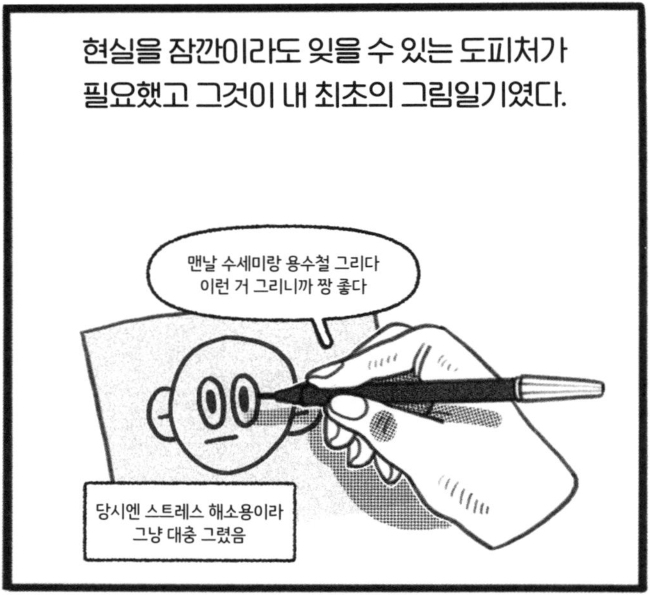
현실을 잠깐이라도 잊을 수 있는 도피처가
필요했고 그것이 내 최초의 그림일기였다.
맨날 수세미랑 용수철 그리다
이런 거 그리니까 짱 좋다
당시엔 스트레스 해소용이라
그냥 대충 그렸음

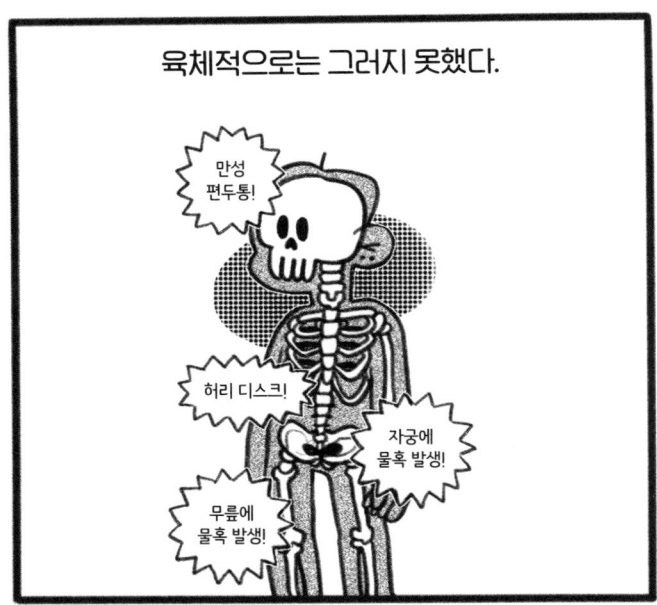

그때로 돌아가면 당시의 나에게
무슨 말을 해줄 수 있을까.

사실 미래의 내가 어떤 말을 해줘도
아마 변하는 건 없을 것 같기에
심심한 위로나 전하기로 했다.

# 청춘예찬

그렇게 말하면 무슨 짓을 해도 적당히 포장되고
조금 부족해도 적당히 위로받는 것 같아서

마냥 청춘이라고 퉁치기엔
녹록치 않을 때가 잦기에

피곤하고 버거운 순간들의 연속이기에

그래도 아직 청춘이라 좋아하는 일에 애정을 갖고
뭔가 저지를 열정이 있음에 감사한다.

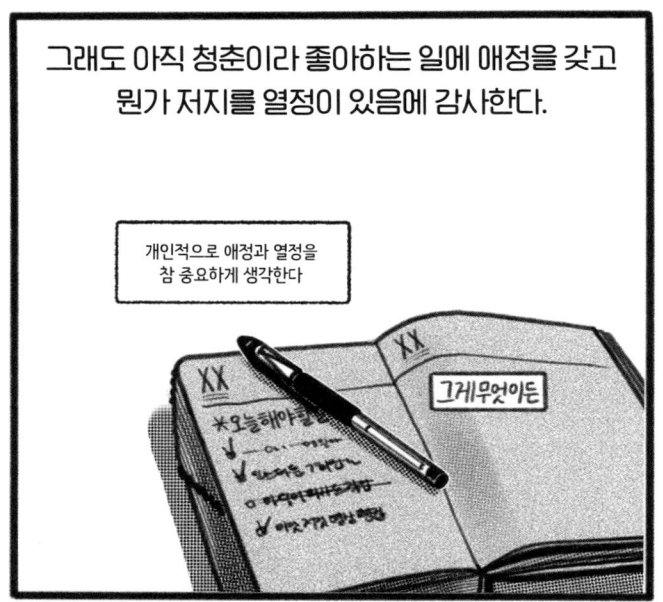

개인적으로 애정과 열정을
참 중요하게 생각한다

241

# 좋을 때

2

잠시

길을

잃더라도

# 안녕 또 왔어

# 큰 작업 이후 번아웃이 온 건지

바쁘다는 핑계로 약을 잘 먹지 않아서인지

# 잠들지 못하는 밤

잠들지 못하는 밤이 잦았다.

윤지영—다 지나간 일들을

천장의 무늬를 세는 것이 두 시간 이상 넘어가면

자는 것을 포기했다.

하고 싶은 일들을 하며 새벽을 보내고는 했는데

작품 제목

이지. 〈새벽의 현대인〉

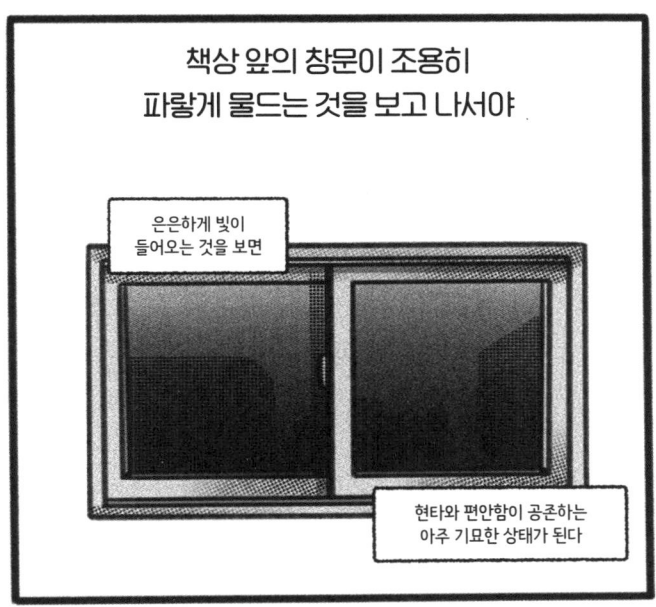

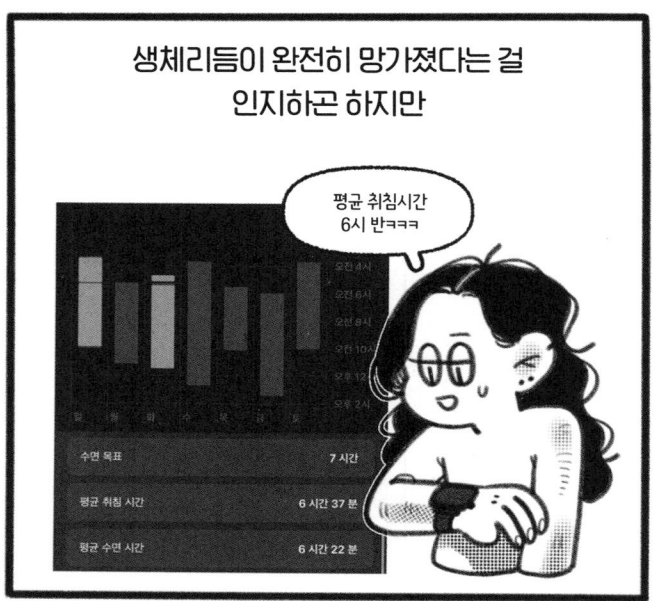

그때가 내겐 제일 편안한 시간인걸.

# 돌아보면 높은 곳일 거야

이젠 또 하나의 인생의 루틴으로 자리 잡았다.

그렇지만 부정적인 기억도 언젠가는
사라지게 마련이다.

언젠가는.

# 늪을 건널 용기

비상한 용기 없이는 불행의 늪을 건널 수 없다.

책*에서 이 구절을 읽었을 때
어쩐지 위로받는 기분이었다.

\* 고든 리빙스턴, 너무 일찍 나이 들어버린 너무 늦게 깨달아버린

밑도 끝도 없는 자기 연민일 수도 있는

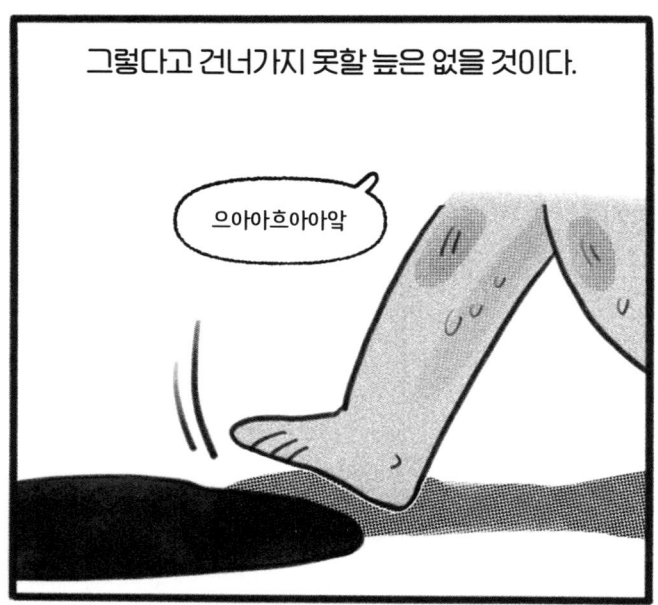

# 병원일기 1

# 외강내강이 되고 싶어

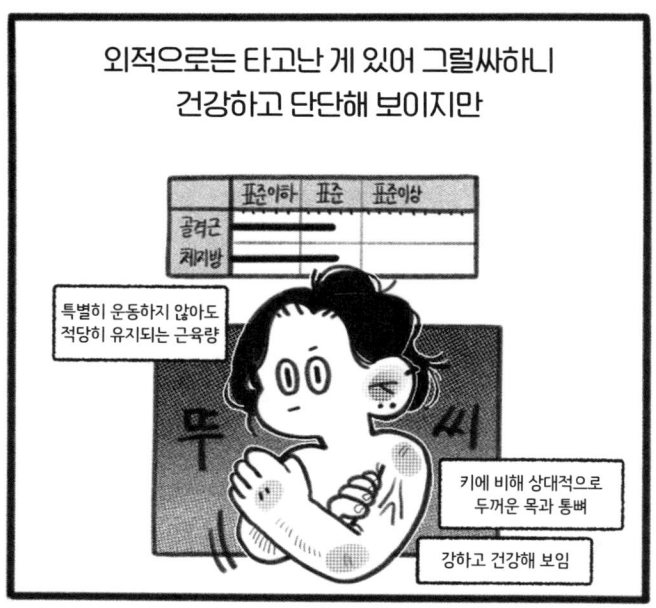

284

내적으로 약하고 강함의 기준은 아마도
부정적인 경험에 대한 탄력성일 거다.
쩜핑!
마냥 힘들어만 하기에는
시간이 너무 아깝잖아!
망했어 언제 또 올라가?

# 아프지 말자

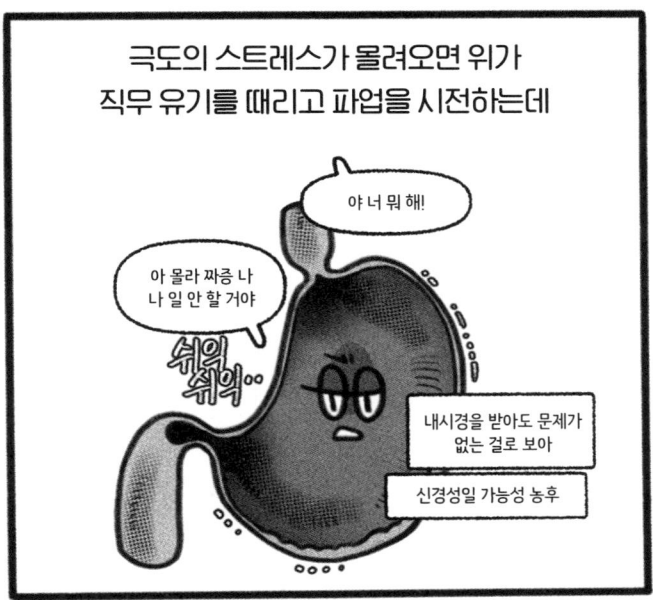

아파서 누워 있으면 온갖 사념들이
머리 위를 스쳐 지나간다.

잘못된 선택에 대한 후회
더 이상 주워 담을 수 없는 말

지금은 내 곁에 없는 사람들
너무 보고 싶은 얼굴들

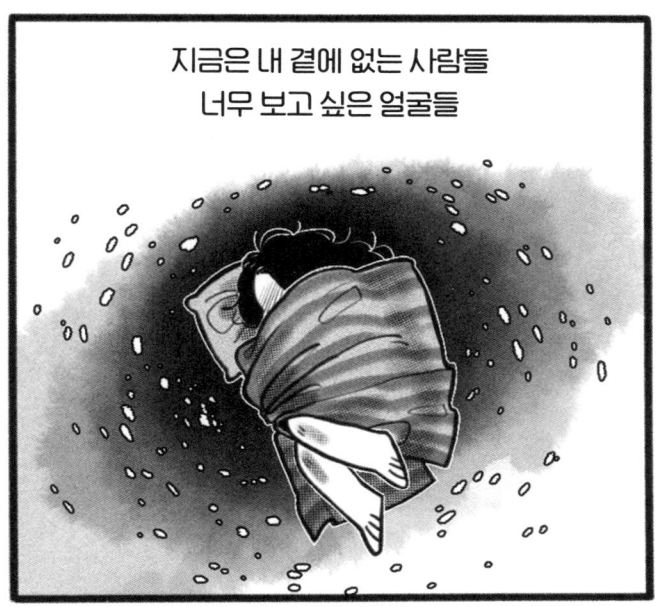

# 책임의 무게

마치 핸들이 고장 난 8톤 트럭처럼
유턴 없는 외길 직진 인생이 시작된다.

그런 주기적인 작은 일탈들로 인해
일상이 꽤 즐거웠지만

이젠 책임감 때문에 그러기도 쉽지 않다.

꼭 잉크 위로 물방울이 떨어지면 묽어지는 것처럼
내 모습도 그렇다.

# 먼 얘기인 듯 가까운

요새 유독 이런 내용의 콘텐츠들이 뜨는 걸 보면
확실히 우리 세대도 지나고 있구나 싶었다.

# 잠시 길을 잃더라도

현재 업으로 삼고 있는 일이 아니라
다른 일을 찾아야 한다면
과연 무엇을 할 수 있는가.
지금의 일에 열정과 애정을
잃어버리는 것에 대한 두려움

나의 선택에 후회는 없지만 인생은
어디로 튈지 모르는 일이라 걱정이 앞서는 건
어찌할 도리가 없다.

312

# 선택에 대한 확신

으레 대학생들이 그렇듯 나 또한 인턴 경험을
쌓기 위해 이력서를 찔러 넣던 때가 있었다.

남들과 똑같은 시간에 움직이고
내 이름이 걸린 자리에 앉아 있을 자신이 없어
시작도 전에 도망쳤다.

# 하고 싶은 일을 위해서라면

크게 책임을 지지 않아도 되던 시절엔
그 말이 쉽게 이해되지 않았는데

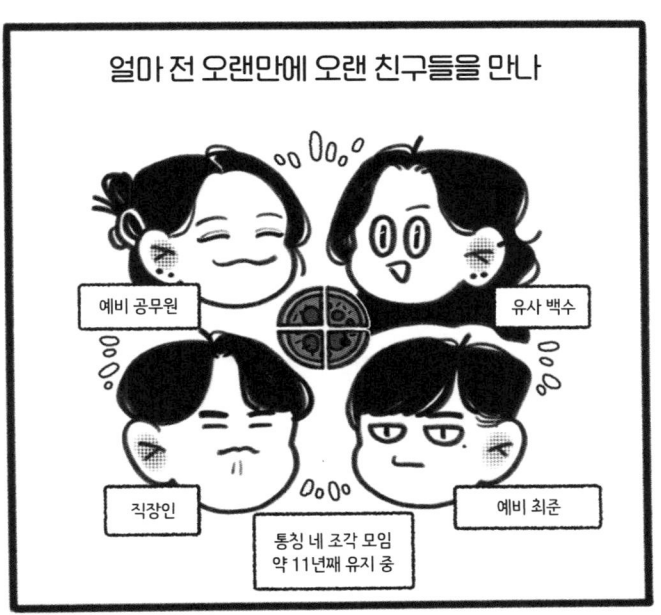

다시 한번 그 말의 무게를 느꼈다.

다들 참 많은 것을 견디며
살고 있구나

다들 각자의
목표가 있기에

# 행복에 대하여

고등학생 시절 휘청거리던 내게 여러 어른들이
이런저런 조언을 해주었다.

도대체 언제까지 버텨야
하나요?

저는 언제쯤
행복해질까요?

333

매 순간 다들 존버를 외치고 있지만 진정으로
행복해지는 법을 아는 사람은 몇 없는 것 같다.

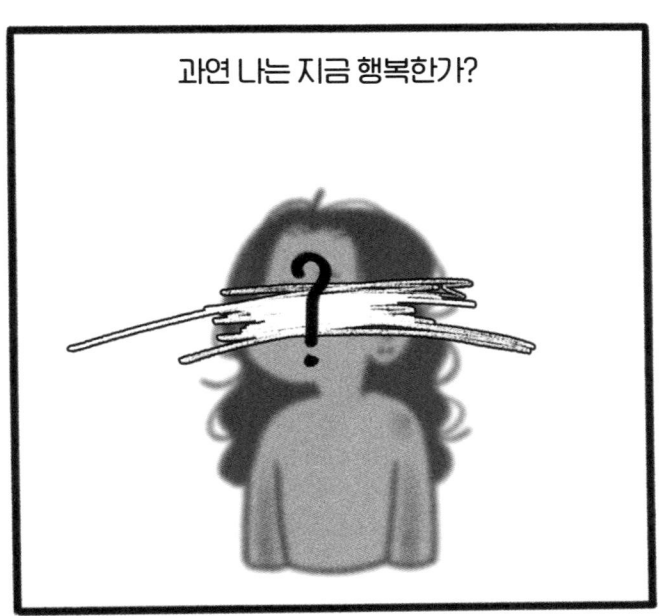

# 병원일기 2

본인의 기분을 인지하고 돌보는 방법을
아무도 안 가르쳐줬을 수도 있죠. 괜찮아요.
그럼 내가 습득하면 되니까.

# 완벽한 가족은 없다

이상적인 가족은 있을 수 있지만
세상에 완벽한 가족이란 없다.

모두가 제각각 사연을 품고
사는 것처럼 말이다

# 금쪽이 이지

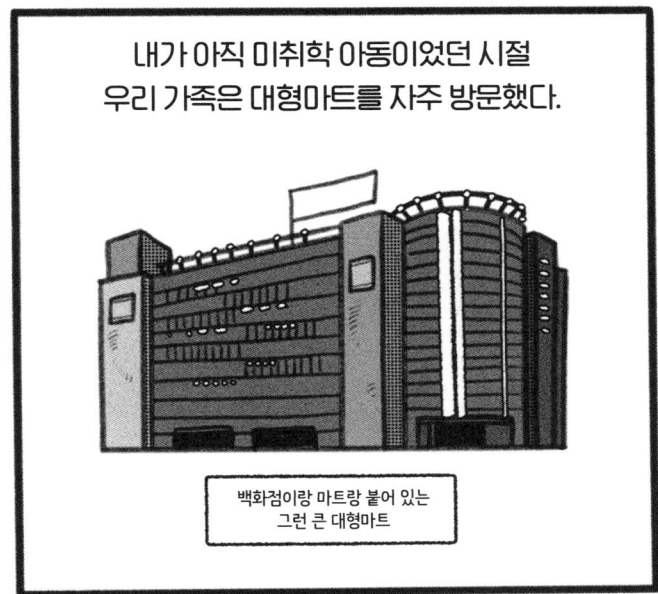

내가 아직 미취학 아동이었던 시절
우리 가족은 대형마트를 자주 방문했다.

백화점이랑 마트랑 붙어 있는
그런 큰 대형마트

어린이 서점 코너에서 빠져나온 나는
그대로 미아 센터로 향했고

마트 전체에 울려퍼진 안내방송을 듣고
놀란 엄마는 급히 미아 센터로 향했고

아아 ─ 이지현 어린이의 보호자?
를 찾습니다 ─ ??

내 딸
아니야?

엄마는 그 순간을 잊을 수 없다며
종종 이야기를 꺼내곤 하신다.

# 내 인생의 대주주에게

엄마와의 에피소드를 전부 그리자면
몇 년치 연재거리가 될 만큼 많기에 그중
인생에 남는 순간을 하나만 꼽아보면…

내가 서너 살이었을 즈음 동네 슈퍼 앞에
인형 뽑기 기계가 있었다.

쬐그만 게 흥미진진해 하는 모습을 보니
그냥 지나칠 수가 없었다고 한다.

그 쬐그만 게 자라서 가끔 용돈을 드리면
본인은 아직 받을 때가 아니라고 하신다.

# 홍대 데이트

버스킹도 구경하고 길거리 음식도 사 먹으며
혼자라면 시도하지 않았을 것들을 함께했다.

내 다섯 살이 그러했듯이.

스무 살의 엄마를 지금 내 앞에 데려다 놓으면
뒤집어지게 놀아줄 자신이 있는데 말이다.

# 멈춰주라

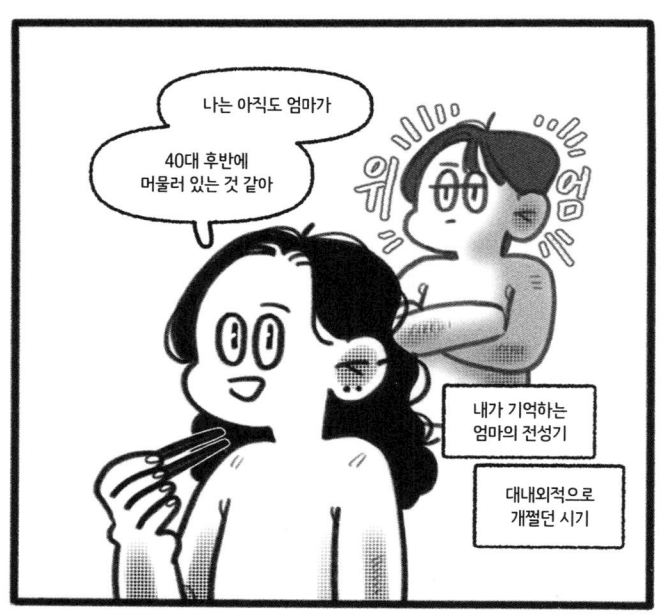

# 가족사진

그럼에도 이런 시간들이 소중하기만 하다.
조금이라도 더 빨리, 많이 기록해둘걸 하고
아쉬움이 생긴다.

# 마루의 시간

404

지금도 만져달라고 허벅지에 턱을 괴는
녀석을 보며 슬며시 말을 건넨다.

눈나
만져줘라

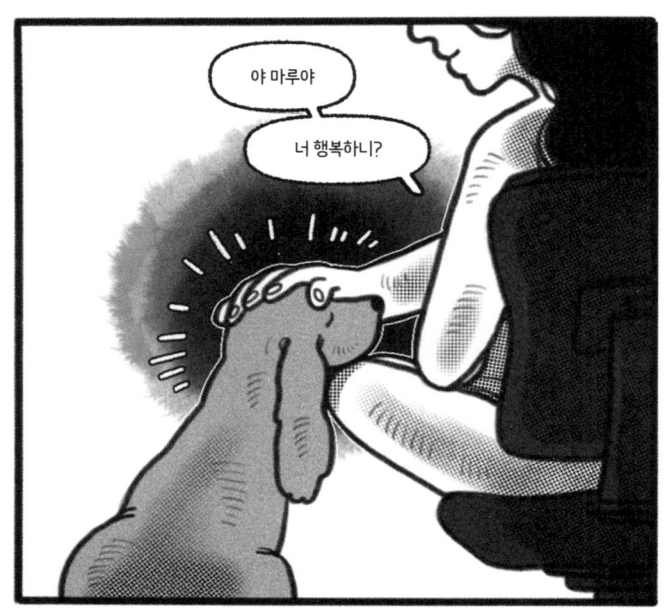

# 병원일기 3

사람이 정신적으로 약해지면 지푸라기를 잡는
심정으로 삶의 의미를 찾게 된다.

목적지 없는 길에
발을 들인 순례자처럼

그래요. 원래 사람들은 살아 있으니까 사는 거예요.
삶의 의미를 너무 파고들지 말아요.

숨 쉬고 보고 듣고 느끼는 이 순간 전체가
삶인 것이다.

3

나를

이루는

일부

# 그사이의 계절

덥고 바람이 많이 불던 어느 초여름 아침
개운하게 씻고 나와 책상에 앉으니
이런 생각이 들었다.

햇빛은 뜨거운데
그늘은 시원한 계절

저 뜨거운 햇빛을 살갗에 쪼이고 싶다.
밖에 나가서 사람 구경하고 싶다.

'좋다'고 혼잣말을 중얼거리며
지나가는 사람들을 완상한다.

나는 봄도 싫고 여름도 싫다. 다만 그사이
묘하게 끼어 있는 푸릇하고 더우면서도 시원한
시간을 사랑한다.

이 시간은 금방 지나갈 것이다. 비록 아주 짧은 초여름의 순간이지만 최선을 다해, 온 힘을 다해서.

# 흐린 날 작은 행복

조용히 비 내리는 소리가 들리기 시작할 때

등 뒤에 붙은 강아지의 체온에
등이 뜨끈하게 데워진다.

자고 있는 강아지는
참 따끈말랑하다

# 오늘의 과제

그 후 틈만 나면 물에 몸을 담그고 있는데

# 여름 예찬

이제 좀 나이를 먹어서 그런지 그러저럭
즐길 만해졌다.

나뭇잎 사이사이 스민 강렬하고 뜨거운
햇빛이라든지

확실히 1년 중 두 번째 계절에는 즐길 것이
많아 보인다.

이제 곧 장마 시작이라던데 태어나서 처음으로
장화를 사서 그런지 다가오는 장마도 기다려진다.

빨리 신고 나가고 싶잖아!

# 그림 예찬

손에 힘을 쥘 수 있을 때부터 나는 종이에
자꾸 동그라미를 그렸다고 한다. 이게 나의 최초의
그림이자 모든 것의 시작이었다.

결국에는 돌고 돌아 그림을 업으로 삼게 되었다.

이리저리 방황하긴 했지만
어찌저찌 그림을 그리게 되었다

창작의 고통은 꽤나 따끔하지만 머릿속에 있던 걸 실체화할 때의 기분은 말로 표현할 수 없을 만큼 즐겁다.

나는 그림을 그릴 것이다. 아주 오랫동안 말이다.

# 창작과 우울

나는 우울할 때면 머릿속이 상념으로 가득 차기에

# 내 꿈은 타투 많은 할머니

타인의 몸에 내 작업물이 평생 남는 것의 의미가
크게 다가오기도 했고

그런데 몇 년이 지나는 동안 다양한 타투이스트를
만나보게 되면서 생각이 점점 바뀌었다.

타투이스트가 될 수 있는 방법은
여러 가지가 있다.

| 타투이스트의 수강생이 되거나 | 타투 학원을 다니거나 | 독학 독학 독학 |

데뷔까지 어느 정도의 시간이 걸릴지는
모르겠지만 일단 한 발자국 내딛어보았다.

# 반전의 순간

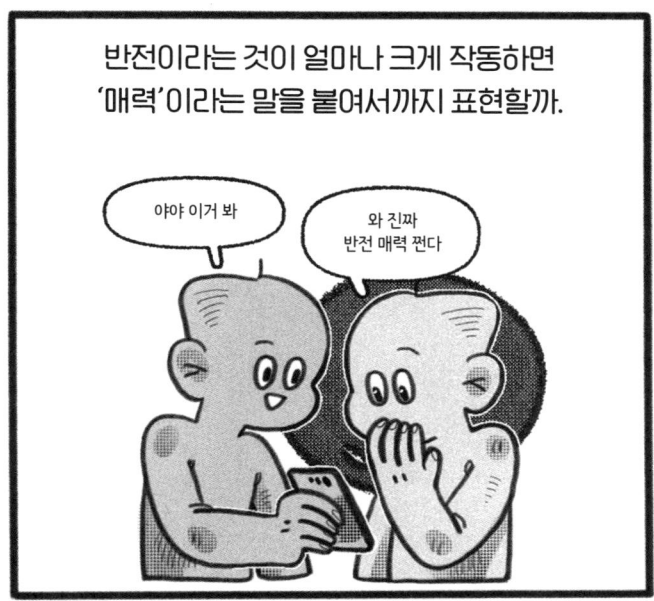

# 나를 이루는 일부

지금의 내 모습은 내가 만들어온 거라고
생각했는데

# 칭찬을 받아들이는 태도

이상적으로 생각하는 이미지에 비해
내 현실 속 이미지가 아직 턱없이 부족하다고
느끼기 때문이다.

굳이 스스로 자신을 낮게 평가할 필요는 없으니 말이다.

진심이 담긴 칭찬을 들으면 기분이 좋아져야
하는 게 맞는데, 그것을 받아들이는 태도가 곧
자신에 대한 스스로의 평가일지도 모르겠다.

# 아무것도 하지 않는 법

수중에 아무것도 없으니
그제야 창밖이 눈에 들어왔다.

그 공간에서 아무것도 없이 앉아 있는 사람은
나뿐이었다.

아무것도 하지 않는 게 이렇게나 어색한 일이구나.

# 가장 두려운 사실

목표를 향해 정말 열심히 달려가다가도

# 선의 경계

# 단단한 굳은살

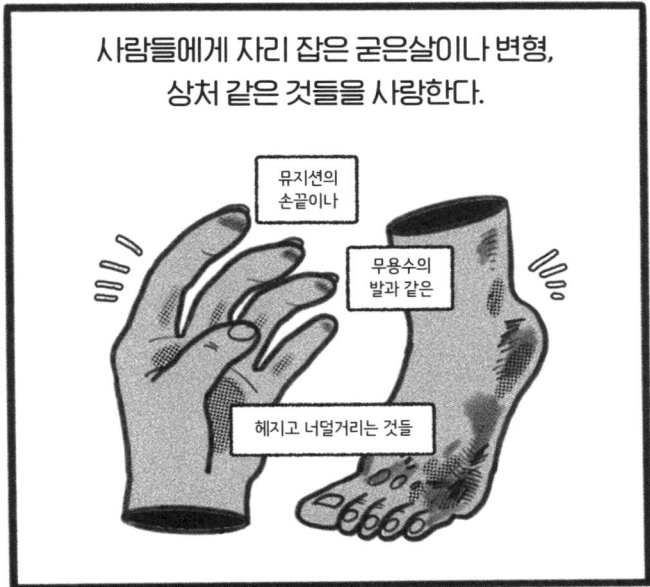

마음도 그러하다.

생채기가 나길 수없이 반복한 끝에 그렇게 생긴
굳은살이 우리를 강하게 만든다.

열심히 관계를 맺고 또 헤어지는 과정에서
상처받고 그것을 극복하며 생겨난 굳은살.

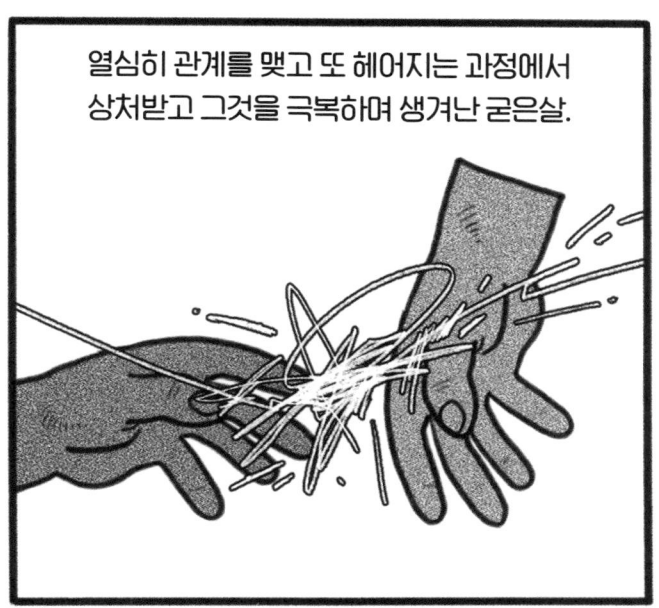

손끝에 생긴 굳은살이 썩 마음에 든다.

# 낯선 이의 친절

짜증이 가득한 상태로 고속도로에 진입할 때쯤
옆자리 어르신께서 내 어깨를 두드렸다.

요즘도 비 오는 날이면 그때 낯선 이의 친절이
가끔 떠오른다.

마음만큼은
뽀송해졌다

# 아날로그의 매력

편지 주고받는 것을 굉장히 좋아한다.

은은하게 손때 묻고
적당히 구겨진 편지지

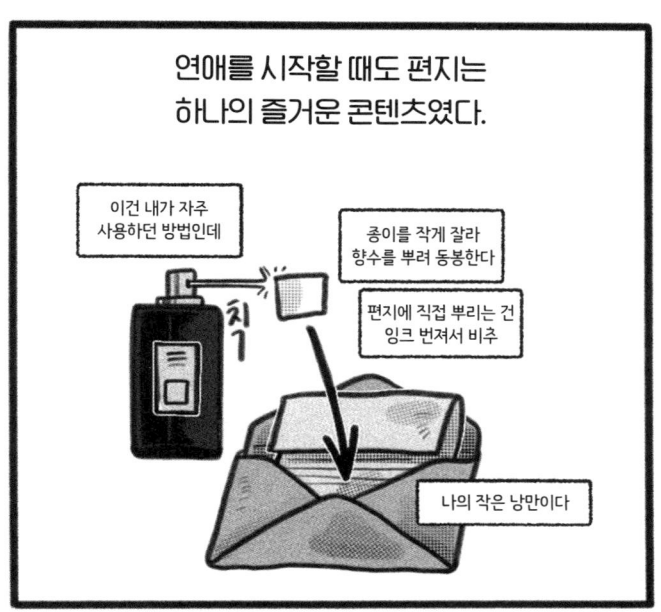

엄지로 두들겨 편하게 주고받을 수 있는
말풍선도 좋지만, 한 자 한 자 눌러 적는 편지에는
또 그만의 감성이 있다.

요즘엔 편지 쓸 일이 특별히 없어 서랍 속의
편지지에 먼지가 쌓이고 있지만

조만간 다시 펜을 잡을 수 있는 날이 오길!

# 병원일기 4

과거의 행동을 후회한다는 것은 다른 말로
그만큼 지금 성장했다는 뜻이기도 합니다.
그사이 경험치가 쌓인 거죠.

칭찬일기를 쓰자고 하면 다들 그러더라고요.
스스로를 칭찬하는 데 인색하지 맙시다.

# 오래 걷기 마스터

대신 걷는 것은 자신 있어서 오래 걷는다.

마치 뚜벅초

뚜벅뚜벅 뚜벅뚜벅

나도 따라 뛰어야 하나 싶어
두근거리기 시작하지만

달리는 이들보다 훨씬 더 오래, 더 멀리.

# 나의 첫 등산기

그러다 갑자기 잠들기 전 등산에 불이 붙어버렸다.

# 행복해라

# 문

# 뒤의

# 너에게

# 꿈속의 아이

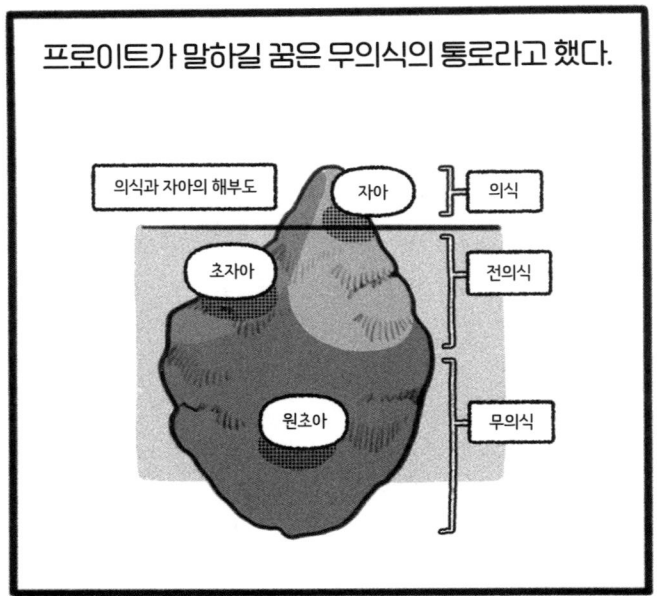

프로이트가 말하길 꿈은 무의식의 통로라고 했다.

의식과 자아의 해부도

자아 — 의식

초자아 — 전의식

원초아 — 무의식

새벽에 꾼 꿈에서
나는 어린 남자아이를 꼭 안고 있었다.

칭얼대는 아이를 달래면서 등을 몇 번이고
쓸어 넘기며 괜찮다고 말했다.

이 아이 이야기를 SNS에서 말한 적이 있는데
몇몇 분들이 댓글로 꿈에 나오는 아이는
책임감이나 마음의 짐 같은 거라고 했다.

힝

나는 내 수호천사이거나

미래의 아들내미일 줄 알고
나름 설렜는데

그런 의미였다니
조금 실망스러운걸

시무룩...

어쩌면 내 안의 약한 모습을 무의식에서라도
스스로 어루만지는 게 아닐까.

# 문 뒤의 너에게

576

# 있잖아 지현아

너는 여전히 아주 작은 파도에도
온몸 시려 하며 아파할 거야.

근데 또 웃긴 건 말이야. 옷깃이 젖어도
언젠가는 마르더라. 소금은 그냥 털어내면 돼.

# 언니들의 인증 마크

언니들의 칭찬은 설령 그게
겉치레 립서비스라고 해도 마음속에 오래 남는다.

# 작지만 강렬한 부러움

나는 그들을 햇살 같은 사람이라고
표현하곤 하는데

물론 작지만 강렬한 부러움의 감정도 있었을 거다.

# 가을의 작은 행복

말 그대로 생체 난로인 셈이다.

뜨끈뜨끈 가을의 작은 행복이다.

# 위로 믿음 사랑

608

610

612

# 작은 친절

세상 사는 데 조금은 더 친절해도
나쁘진 않겠구나 싶은 날이었다.

# 다디단 위로

625

629

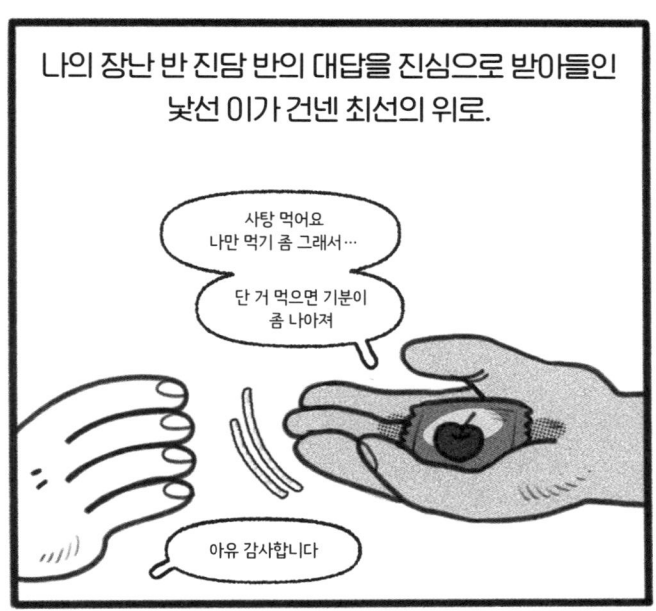

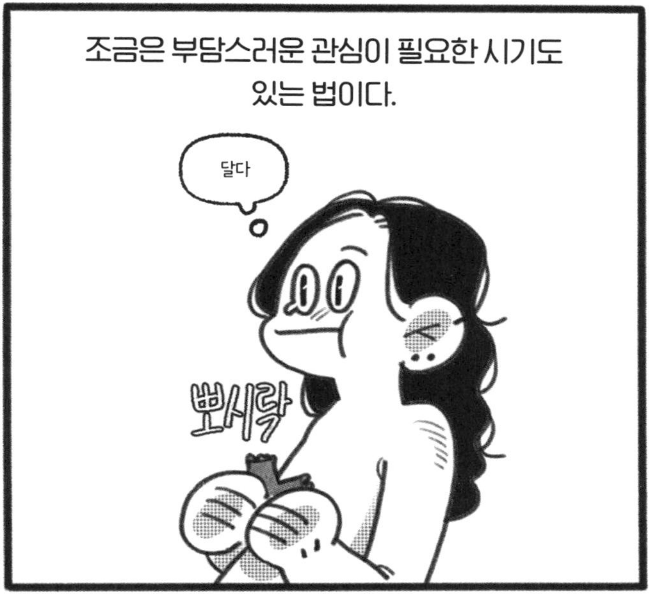
조금은 부담스러운 관심이 필요한 시기도
있는 법이다.
달다
뽀시락

# 프리랜서의 하루

635

636

638

640

641

642

644

645

# 귀가의 끝

꼭 지금까지의 감정의 반동처럼 우울, 공허,
외로움과 같은 감정들이 한꺼번에 올라왔다.

2020년을 기점으로 더 이상 이런 순간을
겪을 일 없겠다 싶었는데 착각이었다.

안방 화장실 변기(집에서 가장 안정되는 공간)에
기대어 잡념을 어떻게든 잠재우고

끝에 남은 감정까지 모두 물에 쓸어 보내고 나면

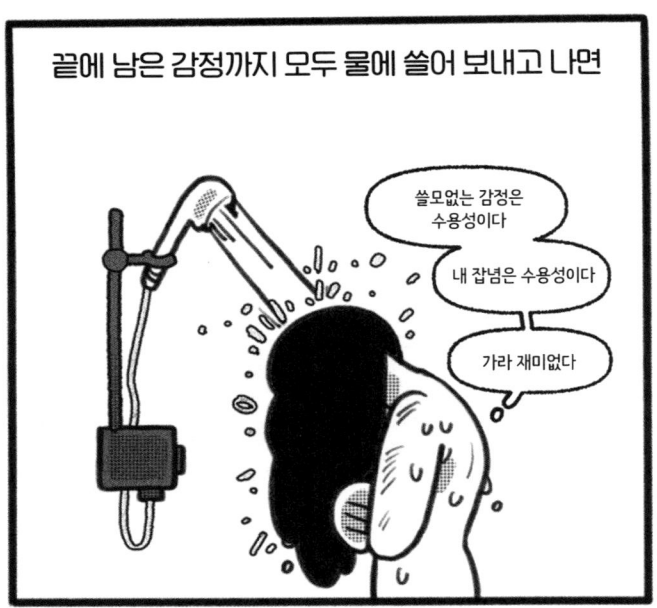

비로소 나의 귀가가 끝이 난다.

# 생각의 밤

# 어느 겨울 아침

생각은 마치 감자를 캐는 것처럼
하나씩 꼬리를 물고 딸려 나오고

기어이 그 모든 것들을 마음 위로 올려 내 눈으로
직접 확인하고 나서야 이 의식은 끝이 난다.

그때 즈음 비로소 거실에 아침 햇살이
은은하게 드리웠고

# 닮은 얼굴

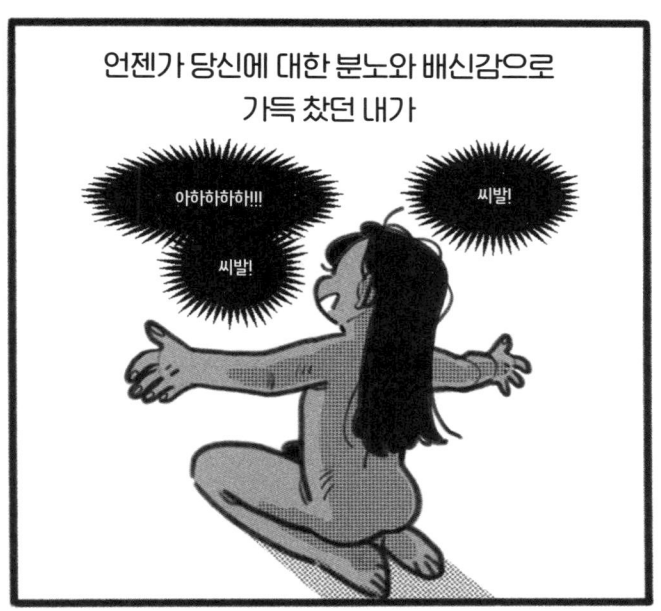

언젠가 당신의 부재로 모종의 고통을 받던 내가

너희 아버지 책임감 없는 거

지금 너랑 똑같아

놀랍게도
실제로 들은 말

ㅋㅋ

# 나의 작은 조카

# 선의의 힘

인간이라는 존재에게
큰 호의를 갖고 있지는 않지만

선은 언제나 의외의 상황에서
뜻하지 않은 결과를 가져온다.

지갑이 몇 년을 돌아
주인에게 돌아오고

익명의 누군가가 보육원에
기부를 하고

기적적인 장기 기증으로
환자가 살아난다

다만 인간을 치유할 수 있는 것은 사람의 사랑에서
비롯된 선의가 아닐까 생각한다.

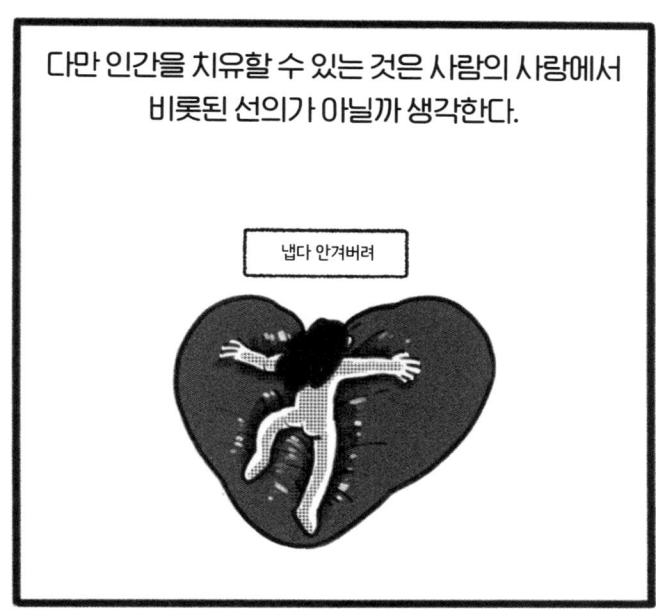

선의, 사랑, 친절, 관용과 같은 막연하지만
듣기 좋은 것들이 언제나 모든 것을 이긴다.

그렇게 믿고 싶다.

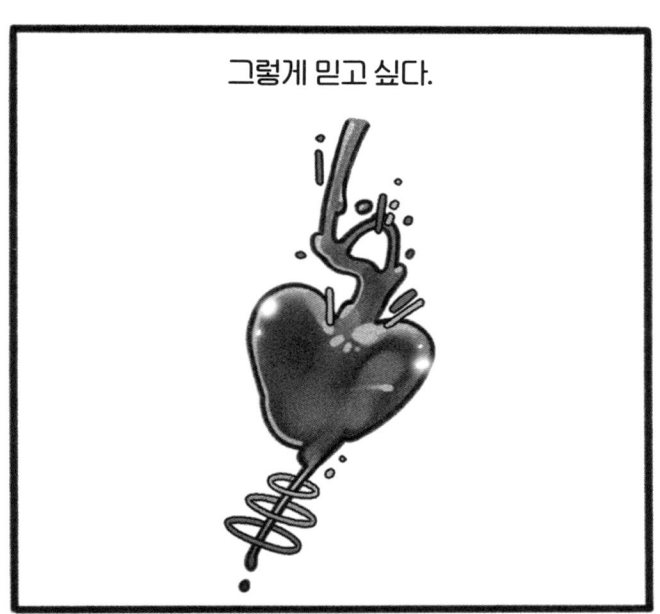

# 사랑은 모르겠어

사람은 이상하고 사랑은 모르겠어.

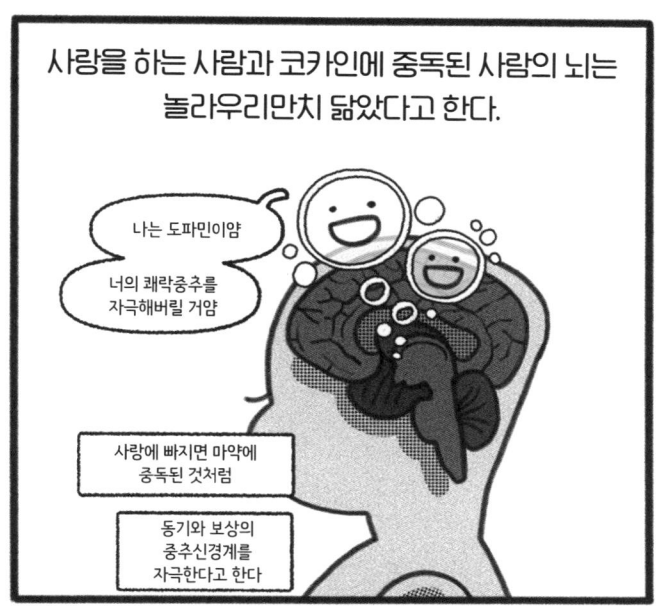

# 병원일기 5

어떤 기분이 들기에 앞서 우리는 사고를 하게 되어
있어요. 그걸 '자동적 사고'라고 하는데요.

감정은 효율적으로 움직이기에
생각에서 곧장 감정으로 이어지죠.

감정을 인지한 건 정말 잘하셨어요.

감정을 인지하는 일은 수월한 편이지만 생각의 경우,
스스로 인지하고 끊어내는 게 쉽진 않을 거예요.

# 제대로 사랑하기

어느 누가 사랑받는 것을 싫어하겠냐만은

나는 더 이상 나를 싫어하지 않는다.
오히려 조금 더 친해져보기로 했다.

증오와 혐오에 가까운 사이였는데
이젠 어느 정도 좋아할 수 있게 되었다

나를 사랑하고 상대방을 사랑하는
그런 사랑을 해야지.

# 너에게

혹여 네게 속상한 일이 생겨 흔들리고 슬퍼진다면

또…

내가 또…

너덜너덜

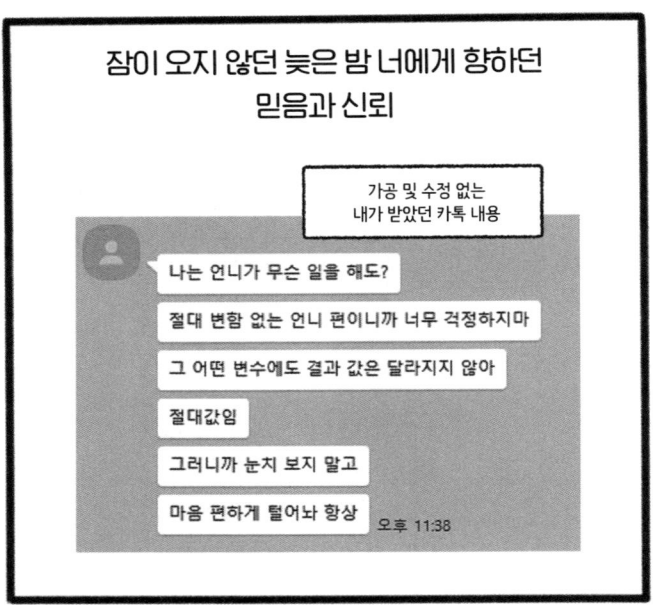

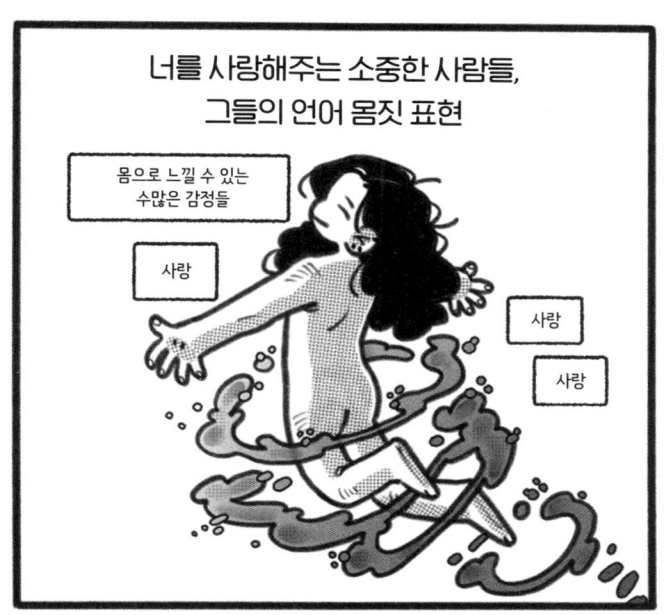

귀에 익은 기분 좋은 노래와 더도 말고 덜도 말고
적당한 술기운에 둠칫거리며 집으로 가던 골목길

# 엄마의 희생과 사랑

춥고 좁고 조금은 불편했지만 그럼에도 따뜻했던
체온 그리고 그 시절의 너

# 포옹의 특징

두 팔을 감아 서로 껴안는 행위는

사람을 껴안는 법

**1** 양팔을 교차해 큰 공간을 만든다

**2** 그 공간에 상대가 들어오면 적당히 팔로 감싼다

그런데 안긴 이는
상대의 심장박동을 느낄 수 있지만,
안아준 이는 안긴 이의 체온에
몸을 맡길 뿐이다.

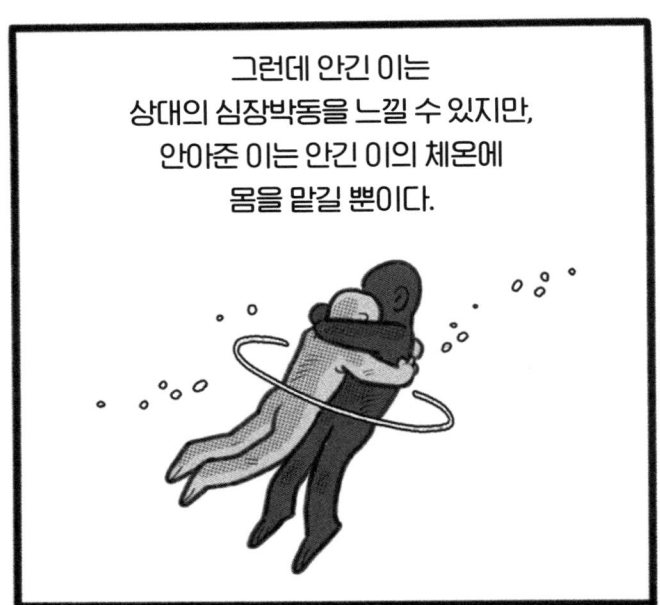

그리고 그때 상대가 어떤 표정을 짓고 있는지는 서로 알 길이 없다.

심장 박동은 1인분이다.

# 마음의 크기

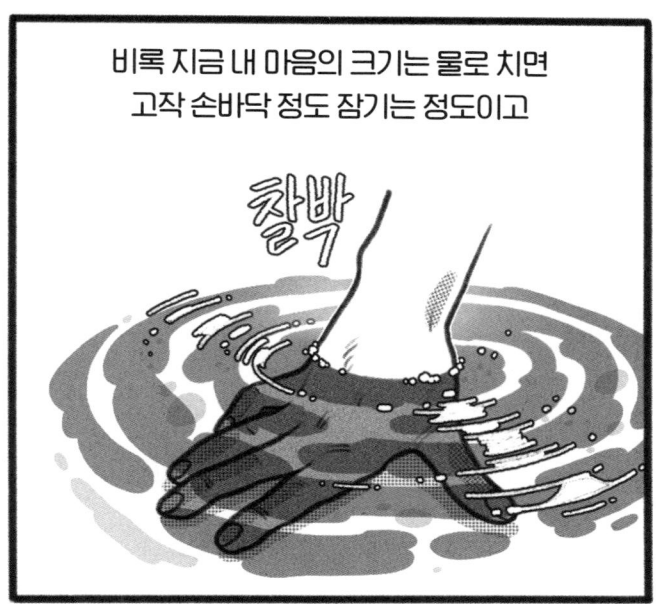

비록 지금 내 마음의 크기는 물로 치면
고작 손바닥 정도 잠기는 정도이고

찰박

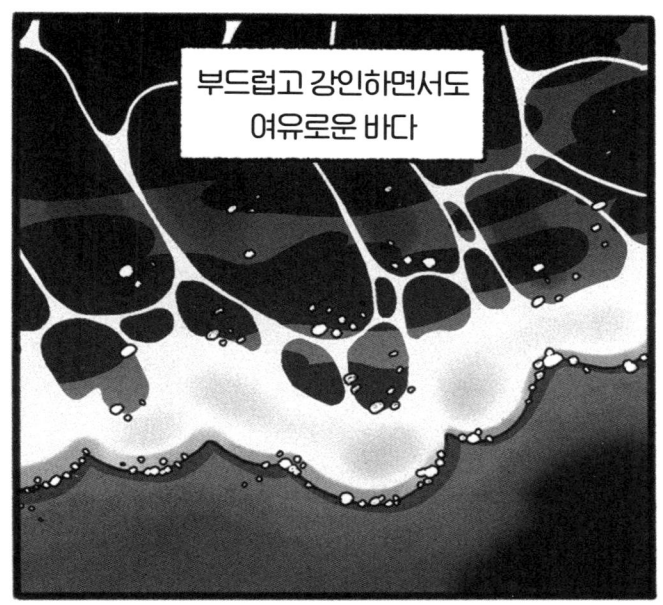

# 행복한 이지 만들기

752

15년산 애착이불을 어깨에 둘러준 뒤

세상의 모든 푹신한 것을 주변에 둘러놓아준 다음

무겁지 않게 적당히
흥겨운 장르의 음악을 틀어주면

# 인생 추구미가 멋짐이야

그래도 계속 그런 방향으로 추구하려고 애쓰다보면
언젠가 정말 그런 사람이 되어 있지 않을까요.

나이가 들수록 점점 짜치는
인간이 되는 것 같지만

그러지 않으려고
애쓰며 삽니다

# 미용실 좋아 인간

771

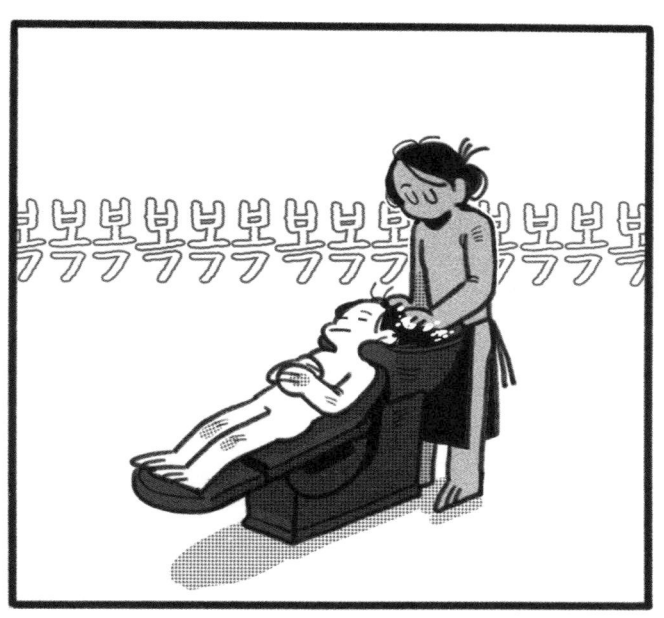

773

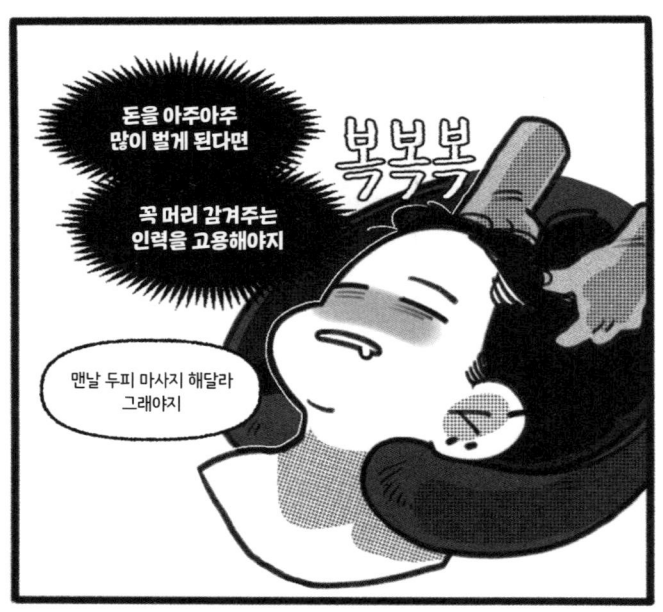

# 장롱면허 탈출 기원

# 순간 포착의 매력

내가 물려받은 카메라는 엄마의 30대를 책임졌고
이제 나의 20대를 함께하는 중이다.
삼성 MAXIMA ZOOM
140 GLM
이게 진짜 리얼 빈티지
아닙니까
SAMSUNG
MAXIMA
ZOOM
140GLM

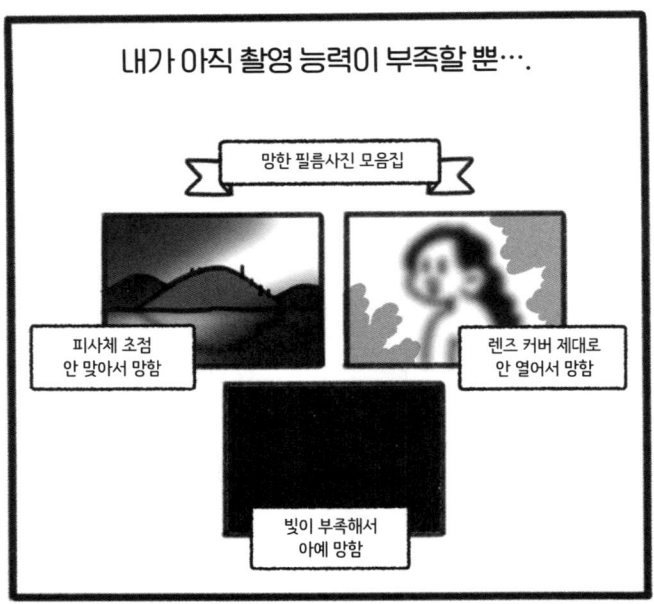

## 숫자 앞에만 서면

# 10년

814

816

# 365일 중에 딱 하루

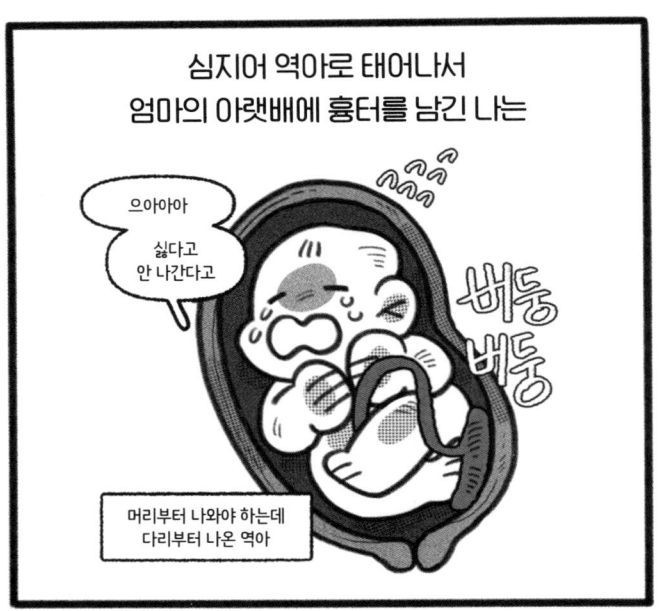

# 에필로그

겨울보다 봄이 더 춥고 가혹했으며 잔인했다.

내가 생각했던 것보다 봄은 찬란하고 따스했다.

838

# 흑백의 하루

**초판 1쇄 인쇄** 2026년 1월 5일
**초판 1쇄 발행** 2026년 1월 21일

**지은이** 이지
**펴낸이** 최순영

**출판1본부장** 한수미
**컬처 팀장** 박혜미
**편집** 박혜미
**디자인** 정명희

**펴낸곳** ㈜위즈덤하우스 **출판등록** 2000년 5월 23일 제13-1071호
**주소** 서울특별시 마포구 양화로 19 합정오피스빌딩 17층
**전화** 02) 2179-5600 **홈페이지** www.wisdomhouse.co.kr

ⓒ 이지, 2026

**ISBN** 979-11-7591-029-4 03810